I0686572

Sc.Yth
1945-1

INDICATIONS GÉNÉRALES

ET OBSERVATIONS

POUR

LA MISE EN SCÈNE

DE

ZAMPA,

OU

LA FIANCÉE DE MARBRE,

Opéra-comique en trois actes,

DE M. MÉLESVILLE,

MUSIQUE DE M. HÉROLD.

PAR M. SOLOMÉ,

DIRECTEUR DE LA SCÈNE AU THÉATRE ROYAL DE L'OPÉRA-COMIQUE.

1831

ZAMPA,

ou

LA FIANCÉE DE MARBRE.

Paroles de M. MÉLESVILLE.
Musique de M. HÉROLD.
Divertissemens de M. LEFEBVRE.
Décorations de M. GUÉ.
Mise en scène de M. SOLOMÉ.

PRIX : 6 FR.

2 Planches lithographiées indiquant la décoration du deuxième Acte avec une des principales Scènes, et le tombeau d'Alice, ainsi que les Costumes des principaux personnages. Prix de chaque planche : 6 fr.

Chez M. DUVERGER, à l'Agence théâtrale, rue Rameau, n° 6.
Et chez MM. les Agens des Thâtres de Paris.

IMPRIMERIE DE E. DUVERGER,
RUE DE VERNEUIL, N. 4.

ZAMPA,

OPÉRA-COMIQUE EN TROIS ACTES,

Représenté pour la première fois sur le théâtre de l'Opéra-Comique,
le mardi 3 mai 1831.

Durée 3 heures.

RÔLES.	PERSONNAGES.	ACT. DE PARIS.	EMPLOIS.
		MM.	
140.	ZAMPA, corsaire........	CHOLET.	Martin ou 1er ténor.
130.	ALPHONSE DE MONZA, officier sicilien........	MOREAU-SAINTI.	1er ténor.
122.	DANIEL CAPUZZI, contre-maître de Zampa........	FÉRÉOL.	Laruette.
100.	DANDOLO, sonneur de la paroisse............	JUILLET.	Trial.
	UN MARIN............	LOUVET.	basse accessoire.
		Mmes	
95.	CAMILLE, fille de Lugano.	CASIMIR.	1re chanteuse.
101.	RITTA, femme de Daniel..	BOULANGER.	jeune mère.
	UNE STATUE............	Personnage muet.	
	LUGANO, père de Camille.	Personnage muet.	
	MARINS.		
	SOLDATS.		
	PAYSANS.		
	JEUNES GARÇONS.		
	JEUNES SICILIENNES.		
	UN ÉVÊQUE, 15 ans.		
	DEUX DIACRES, 12 ans.		
	DEUX CHANTRES, 12 ans.		

DEUX PRÊTRES, 12 ans.
QUATRE ENFANS DE CHOEUR, 8 ans.
DEUX BEDEAUX, hommes.
DEUX SUISSES, hommes grands.

La scène se passe près de Melazza en Sicile,
et dans le seizième siècle.

Nota. M. Hérold, compositeur, laisse à MM. les Directeurs des départemens la liberté de distribuer le rôle de Zampa au chanteur le plus capable de le remplir, soit au Martin ou premier ténor, sans cependant sacrifier celui d'Alphonse qui doit être joué autant que possible par un premier ténor; ainsi l'Acteur qui joue Fra-Diavolo, peut se charger de celui de Zampa, et, dans ce cas, le *fort deuxième ténor,* tenant l'emploi *Gavaudan,* remplirait le rôle d'Alphonse.

ÉTUDE DE LA MUSIQUE.

ACTE I.

Zampa, quatuor; final; couplets. — Daniel, final. — Dandolo, trio; quatuor; une entrée dans le final. — Alphonse, couplets. — Camille, air; couplets; trio; quatuor. — Ritta, introduction; trio; quatuor. — Le marin, final; chœurs.

ACTE II.

Zampa, air; final; couplets. — Daniel, duo finissant en trio; final. — Dandolo, trio; final. — Alphonse, duo; final. — Camille, duo; final. — Ritta, duo finissant le trio; final; chœurs.

ACTE III.

Camille, couplets en duo; morceau d'ensemble; duo et final — Alphonse, couplets en duo; morceau d'ensemble. — Zampa, morceau d'ensemble; cavatine; duo; final; chœurs.

MISE EN SCÈNE.

ACTE PREMIER.

DÉCOR.

Le théâtre représente une salle gothique ; quatre statues garnissent des niches pratiquées de chaque côté de la scène ; la première au premier plan à gauche du public, droite de l'acteur [1], est en marbre blanc, vêtue d'une robe longue et coiffée d'un voile retombant en arrière, une couronne le tient sur sa tête ; au-dessous sur un socle de marbre noir, on lit ces mots : *Alice de Manfredi, anno* 1604, *priez pour elle.* Au deuxième plan une porte ; au troisième une statue de guerrier, à droite même distribution ; au premier plan une statue de femme ; au deuxième une porte ; au troisième une autre statue d'homme d'armes. Quatre colonnes soutiennent le péristyle, à travers on aperçoit un fond de palais.

A droite une table de douze pieds de long sur deux pieds de large ; quatre tabourets, un au coin à droite, trois au milieu de la table, deux bancs derrière ; deux fauteuils, un près de la table presque au milieu du théâtre, l'autre près de la statue d'Alice ; tous les meubles sont couverts d'étoffe gothique et fort riche.

(1) Toutes les positions sont prises de même pour toute la pièce. L'acteur n° 1 est le premier à gauche du public ; le n° 2 vient après, et ainsi de suite.

PLAN DE LA SCÈNE.

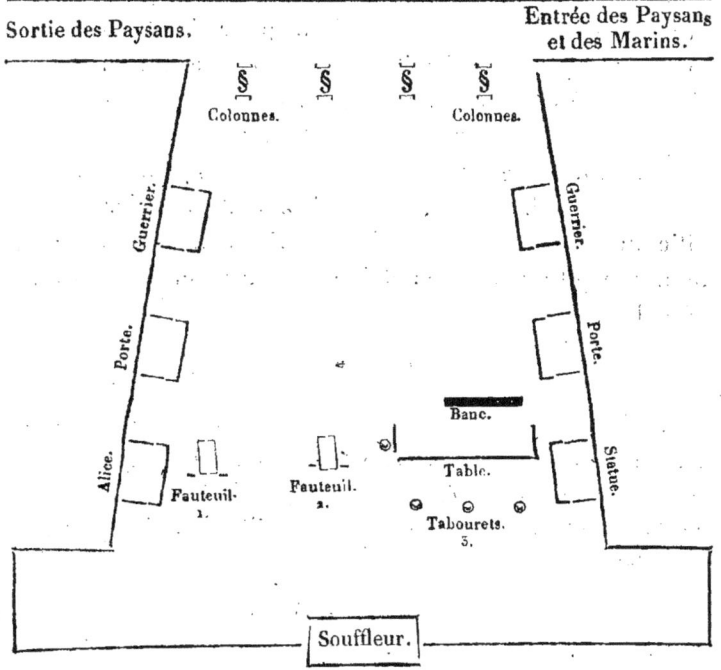

SCÈNE PREMIÈRE.

Au lever du rideau la table est couverte de fleurs, d'ajustemens que les jeunes filles se partagent; à gauche des pages, des valets portent des corbeilles dorées remplies d'objets de luxe; ils vont près de Camille qui est assise dans le fauteuil près de la table, elle leur fait signe de déposer ces objets avec les autres, ils obéissent; des dames portent des fleurs; même jeu de scène.

POSE DE LA SCÈNE.

1		Siciliennes entourant
Jeunes filles.	2	la table.
Une dans le fauteuil.	Camille.	Ritta.
Trois autres l'entourent.		3

Ritta distribue les écharpes. Pendant le deuxième motif du chœur, Camille se lève, monte la scène, regarde partout et revient près le trou du souffleur pour chanter son air, pendant lequel sans bruit on continue de faire l'inspection des présens; vers la fin de l'air Ritta regarde au fond et revient n° 1 pour dire : *Calmez-vous je l'entends, etc.* Sur la ritournelle du morceau suivant, les jeunes filles qui sont côté gauche remontent la scène pour regarder; les Siciliennes se retournent pour le même motif; toutes les femmes vont du côté de la table, les pages et valets sortent côté droit.

SCÈNE II.

Les jeunes gens entrent de la droite, dernière coulisse, ils viennent tous en formant une ligne diagonale depuis la statue d'Alice jusqu'au fond, chœur : *Enfant de la Sicile, etc.* Alphonse entre à la fin de ce chœur, il est suivi de pages et de valets.

POSE DE LA SCÈNE.

Jeunes gens.   Jeunes filles   Siciliens.
              Alphonse, Camille, Ritta.

Pour le premier couplet d'Alphonse les jeunes gens s'approchent de lui, pour le deuxième il s'entoure des jeunes filles qui sont au milieu; grande joie des femmes à ce mot : *Vous donner un mari.* Pendant la reprise du chœur, les jeunes filles descendent à gauche, des garçons vont à droite, on se mêle vers la fin du chœur; ceux qui sont du côté de la table sortent doucement par la gauche, dernier plan; ceux de gauche deux par deux saluent Alphonse, Camille, arrondissent la scène et sortent en suivant les autres.

SCÈNE III.

Les trois acteurs suivent les groupes comme pour les reconduire et descendent dans l'ordre suivant :

Ritta.   Camille.   Alphonse.
  1   2   3

Alphonse doit avoir le signalement dont il parle sur parchemin.

RITTA.

Je cours surveiller les préparatifs du banquet. Elle monte et revient au milieu pour dire à Alphonse le reste de sa phrase. Elle montre la statue en disant : *A la bonne Alice de Manfredi : elle ne vous refusera pas.* Elle sort par la droite, dernier plan.

SCÈNE IV.

1 CAMILLE, 2 ALPHONSE.

Alphonse étonné regarde la statue, Camille l'observe. Elle doit pour la romance dominer la scène et bien faire entendre les paroles où se trouve toute la pièce; elle s'incline un peu et croise les mains à chaque refrain : *D'un pareil maléfice, etc.* Elle regarde la statue en disant : *Et cette froide image.* Alphonse est très agité à la fin du troisième couplet, Camille l'observe avec surprise.

SCÈNE V.

1 CAMILLE, 2 ALPHONSE, RITTA. *Elle vient du côté droit avec empressement.*

Alphonse avant de sortir baise la main de Camille, il s'en va par la droite.

SCÈNE VI.

1 CAMILLE, 2 RITTA.

Ritta pose le fauteuil près de la table, en se réservant un passage pour pouvoir circuler autour de Camille qui s'assied.

Il doit y avoir sur la table un écrin contenant le collier, les boucles d'oreilles de Camille; aidée de Ritta, elle met tous ces objets pendant le dialogue de leur scène.

Camille se penchant côté gauche : *Écoute, voici quelqu'un.* Ritta passe derrière le fauteuil, monte la scène et regarde le fond à gauche, de là elle dit : *C'est lui, c'est Dandolo; comme il est pâle !* Sur la ritournelle elle descend n° 1. Dandolo pâle et regardant toujours derrière lui comme s'il était poursuivi, entre vivement et se met au milieu n° 2, Camille n° 3.

SCÈNE VII.

RITTA, DANDOLO, CAMILLE.

Pendant tout le trio, Dandolo doit peindre la peur la plus forte, il se croit toujours à côté de Zampa; il est troublé comme s'il parlait à quelqu'un qui le menace quand il dit : *Pardon, pardon, etc.* Il est prêt à tout avouer. Les dames croient tout savoir; on se rapproche à ces mots : *C'est... c'est... c'est... c'est.* Sa peur redouble, il croit être encore sous les pistolets, et il reprend : *Parlez bas, parlez bas, etc.* Son trouble augmente jusqu'à la fin du trio, et continue dans la scène; Ritta et Camille s'impatientent de plus en plus.

DANDOLO.

Tenez, je crois le voir encore, etc. En disant cette tirade il regarde sur sa droite en montant un peu, tournant presque sur lui-même, et finit par indiquer la porte de droite entre les deux statues, derrière la table : *à peu près comme celle-ci.* La porte s'ouvre, et apercevant Zampa il balbutie : *Oh! oh ! mon Dieu c'est encore lui. Qui donc ?* Montrant Zampa et se sauvant à l'extrême gauche : *L'homme au manteau... regardez.*

SCÈNE VIII,

1 DANDOLO, 2 RITTA, 3 CAMILLE, 4 ZAMPA.

Zampa entre par la porte indiquée, il reste appuyé sur le dos du fauteuil qui est près de la table, les yeux toujours fixés sur Camille qui est comme terrifiée de son apparition; cela doit faire tableau : on reste ainsi jusqu'au moment où Zampa dit en s'avançant : *Quand de l'hymen on prépare les fêtes.*

Nota. Quelques personnes ont paru surprises de ce que j'ai fait paraître Zampa par la porte de droite, Dandolo arrivant du fond à gauche ; j'observerai qu'ils se sont rencontrés loin du château, qui doit avoir plusieurs issues, et cette entrée inattendue est plus théâtrale.

Zampa donne à Camille un parchemin roulé, en lui disant : *Ceci vous l'apprendra.* Camille prend le parchemin avec étonnement, et semble craindre de l'ouvrir. Zampa descend encore pour son aparté; à la fin de l'ensemble Zampa monte la scène pour faire signe à Ritta et à Dandolo de s'éloigner; ils obéissent en remontant la scène du côté gauche vers la porte; pendant ce mouvement, Camille a descendu sur la gauche avec la lettre et lit.

POSE DE LA SCÈNE.

Dandolo. Ritta.

1 2

Zampa. Camille.

3 4

Il est devant vous, le voilà. Zampa s'est approché de Camille, il ouvre son manteau rouge, il fait voir son costume de dessous, ses armes, etc. il referme de suite son manteau; Camille épouvantée veut fuir : *Dieux !* Zampa l'arrête et chante à voix basse : *A vous seule je me confie.* Camille, d'une voix suppliante et presque à genoux : *Ecoutez ma prière.*

Zampa, avec beaucoup d'amour : *Ah! cent fois plus encor,* Camille avec crainte : *Et quoi donc!* Zampa avec mystère et malice : *J'irai vous l'apprendre.* Camille tremblante : *Comment?* Zampa avec ordre : *Il le faut, je le veux.* Camille d'une voix mourante : *J'obéis.* Ritta la voyant chanceler court à elle et la soutient : *Qu'avez-vous?* Camille s'appuyant sur elle et traversant : *Ote-moi de ses yeux.*

POSE.

Dandolo.

Ritta. Camille. Zampa.

Camille et Ritta sortent par la porte à gauche; elles jettent des regards effrayés sur Zampa qui remonte la scène pour les suivre; il s'arrête à la porte. Dandolo pendant ce mouvement a tourné la scène en longeant la rampe, il va pour sortir et recule en voyant Zampa se retourner; il descend à droite.

Zampa 1. Dandolo 2.

Zampa jette son manteau rouge sur le fauteuil qui est près d'Alice en disant : *Maintenant je lui défie de m'échapper.* Il s'assied. Dandolo : *Il se met à son aise.* Il va pour sortir à pas de loup, Zampa l'aperçoit, dit son mot, ce qui le fait rester immobile; il fait l'agréable pendant la scène, pour chercher à masquer sa peur et plaire à Zampa; Dandolo se rassure un peu, quand il dit : *Oh! c'est un ami.*

Zampa : *Tu verras si l'on me refuse rien.* Fausse sortie de Dandolo. *Ah! n'oublie pas le chypre,* etc. Dandolo sort par la même porte que sa maîtresse.

SCÈNE X.

Zampa 1, après la sortie de Dandolo, regarde vers la porte à droite : *Es-tu là?* Daniel 2, paraît.

ZAMPA.

A la bonne heure, je n'aime pas les curieux, et le premier...

On entend un coup de canon très éloigné : *La consigne est levée.*

Daniel remonte entre les colonnes regardant côté droit; il prend un petit cor suspendu à son cou et en donne légèrement, on y répond par un autre son de cor éloigné.

Il faut le cor dans la coulisse. Ici un peu de nuit.

SCÈNE XI.

La ritournelle est longue, Zampa et Daniel en emploient quelques mesures à écouter, et regarder si l'on vient; Daniel fait signe par la droite; des marins paraissent, s'appellent réciproquement, garnissent le fond du théâtre en regardant avec étonnement. Zampa les rassure; ils descendent, et entourent les acteurs.

Zampa, Daniel.

On remonte la scène à ce mot : *A faire plaisir.* Zampa suit le groupe, et dit avec force en regardant vers la gauche : *Qu'on se dépêche de servir.*

SCÈNE XII.

Tous les marins sont diagonalement placés vers la droite, en haut, et regardent la gauche d'où viennent les dames, les valets et les pages, ceux-ci passent devant eux et vont droit à la table; lorsqu'ils sont arrivés, les marins se portent en masse côté gauche.

POSE.

Marins.

Daniel.   Zampa.   Femmes.

Manière de mettre le couvert. Les six premières femmes n'ont rien dans les mains, elles passent devant la table en la débarrassant de tout ce qui est dessus; les deux qui suivent ont la nappe qu'elles posent sans ôter les draperies gothiques; d'autres femmes portent les mets, le dessert, les vases; les valets posent les grosses pièces; les pages quatre flambeaux gothiques, le pain, le pâté, etc. On masque autant que possible tout cela au public, si bien qu'en s'en allant les dames découvrent le service qui semble fait par enchantement. Les dames ont toujours le dos tourné au public jusqu'à la dernière reprise du chœur, pour sortir par où elles sont entrées.

SCÈNE XIII.

Les marins.

Daniel. Zampa.

Zampa, *à table;* chœur *à table;* à ce mot ils s'élancent tous à table et se placent avec désordre; quelques-uns restent debout derrière les autres et prennent le milieu de la scène, mais ils se munissent de vivres, de bouteilles, de coupes, etc. Zampa est dans le fauteuil sur lequel il s'est appuyé. Daniel sur un tabouret devant la table, deux autres marins plus loin que lui; le reste derrière sur le banc: il en faut dans l'autre fauteuil; d'autres l'entourent; plusieurs groupes variés et naturels.

Le premier matelot est au milieu de la table sur le banc, il se lève pour dire : *Avec de pareil vin.*

Pour le premier couplet on écoute sans bouger, on s'appuie les uns sur les autres les coudes sur la table, etc. On trinque, on s'anime au refrain. Pour le deuxième couplet, les marins qui sont assis, côté d'Alice, viennent près de Zampa pour écouter. Daniel se lève comme pour fuir ces propos, tourne derrière la table et va s'asseoir dans le fauteuil, côté gauche, près de la statue d'Alice, dont il lit l'inscription en tremblant. Calculer sa marche pour lui faire dire à temps : *Dieu! quel objet s'offre à ma vue!*

Zampa se retournant : *Quoi donc ?* Tous les marins regardent du côté de Daniel, mais sans bouger de place.

Cette statue. Il est près de Zampa qui se lève en disant : *Tu crois ?* Daniel l'arrête et s'oppose toujours à son passage ; les marins se lèvent sans quitter la table pour écouter. Zampa en disant : *Laisse-moi,* prend Daniel fortement par la main gauche et le fait pirouetter devant lui ; il se trouve dans le coin à droite. Zampa va à la statue : on regarde : *Jusqu'à demain, je suis à toi.* Il met au doigt de la main gauche de la statue une bague qu'il avait à la sienne, c'est une chevalière à gros diamant ; il revient au milieu de la scène en riant, et dit de loin à Daniel : *Eh bien ! regarde moi,* etc. Il prend sa coupe, boit ; on l'imite ; il s'assied quand il dit : *On vient, silence.*

SCÈNE XIV.

On prend un air décent, Dandolo sort de la porte à gauche, s'incline, salue tout le monde et va près du fauteuil de Zampa : *Pardon, si pour quelques momens.*

Zampa se lève vivement en disant : *Je te suis à l'instant.* Dandolo sort du même côté. A Daniel : *Prends ce flambeau, marchons.* Daniel prend un flambeau et le précède. Zampa à ses amis : *A son impatience la belle ne peut résister.*

	Marins.	Marins.
Daniel.	Zampa.	
1	2	

Daniel s'arrête près de la statue quand Zampa dit : *Ah ! j'oubliais,* etc. *qu'à son doigt je veux présenter.* Il veut prendre sa bague, il y a un forté de musique ; le bras se lève brusquement et l'avant-bras se croise sur la poitrine. Effroi général. Daniel se sauve à l'extrême droite ; après avoir posé le flambeau sur la table, il cache sa tête dans ses mains. Zampa est stupéfait, il reprend peu à peu, et se remettant il semble douter d'avoir vu le mouvement ; il descend en chantant : *Du vin la vapeur enivrante. Imitez-moi ;* il se verse du vin avec gaîté. Il descend la scène : *Au plaisir, à la folie, consacrons, etc.* N'entendant rien il se retourne brusquement, remonte et dit : *Eh bien ! chantez donc avec moi, je le veux.*

Zampa brave la statue en chantant son motif ; il boit sous son nez, il se verse à boire pour s'étourdir, il fait honte à ses camarades de leur faiblesse, leur jette sa coupe avec colère ; il prend Daniel par le bras pour l'emmener ; celui-ci résiste, il le laisse, vient à la statue pour arracher la bague ; le bras se lève, et fait un geste menaçant ; les marins jettent un cri et se groupent de toutes parts sous la table, sur les bancs, les uns près des autres. Effroi général. Daniel s'est jeté à genoux, la tête penchée sur le fauteuil où il s'était assis ; il s'est même enveloppé la tête dans sa serviette. Le dos du fauteuil fait face à la statue.

Zampa est seul au milieu du théâtre, la tête haute et le regard assuré et plein d'audace.

La toile tombe sur ce tableau.

Nota. Sitôt le geste du bras, les groupes doivent se former ; il faut baisser le rideau très rapidement.

ACTE DEUXIÈME.

Le théâtre représente une campagne un peu sauvage, sur le bord de la mer et au pied des montagnes du Val-Démoné, dont on aperçoit la chaîne à l'horizon; à gauche quelques piliers dégradés entourés d'arbustes et de vignes suspendus, indiquent l'entrée du château de Lugano.

A droite au fond, une chapelle gothique; elle est presque de face, de manière que lorsque les portes sont ouvertes le public peut en voir l'intérieur; en avant du perron de la chapelle et près des premières coulisses à droite, on voit les restes d'une tombe dégradée; à gauche de la chapelle, une croix avec une Madone.

SCÈNE I.

Au lever du rideau on entend des voix de femmes dans la chapelle dont les portes sont fermées. Cette prière termine l'entre-acte; sur la fin Zampa sort du château e écoute un peu; en disant : *Camille est là*, il indique la chapelle.

SCÈNE II.

1 DANIEL, *il vient du château; il est richement vêtu;*
2 ZAMPA.

A-t-on exécuté mes ordres ? A ce mot Daniel se rengorge et montre son costume; à cette réplique : *On s'est aperçu de l'évasion de Zampa*, il parle à voix basse, mystérieusement et avec crainte; Zampa s'en amuse et fait une fausse sortie en disant : *Je vais donner l'ordre... de battre en retraite...* Zampa revient en riant : *d'avancer l'heure de la cérémonie...* Il met la main sur son poignard en disant : *Comme j'ai l'habitude de répondre aux objections*; Daniel

3

voyant le geste : *C'est différent* , etc. Zampa sort par le château.

SCÈNE III.

DANIEL *seul.*

Il finit sa tirade en marchant du côté droit, et s'assied sur le bout de la tombe ; il paraît faire des actes de contrition.

SCÈNE IV.

1 RITTA *sortant du château,* 2 DANIEL, *après.*

Ritta se parle à elle-même tout en descendant la scène.

Daniel : *Diable de statue.* Il se lève et aperçoit Ritta ; avec effroi : *Ah ! mon Dieu la voilà encore;* se remettant : *Non, c'est une femme.*

Ritta : *Comment entamer la conversation?* Feignant de tousser, *hum, hum;* Daniel la regarde avec plaisir ; après ses trois lignes il s'approche un peu, Ritta le regarde du coin de l'œil et dit : *Il y vient.* Daniel souriant et regardant si personne ne le voit, etc., *et personne ne me voit,* va sur la pointe du pied, en faisant l'aimable, lui prendre la taille : *Aimable sicilienne.* Elle se retourne vers lui, ils se regardent et restent confondus. Tableau.

Suivez la brochure pour le duo.

SCÈNE V.

Dandolo vient du château et prend le n° 1, Ritta 2, Daniel 3.

La position de Ritta est facile à comprendre, se trouvant entre deux hommes qu'elle veut avoir.

Daniel passe entre eux : *C'est très bien, mes bons amis, etc.* En disant : *Sinon je ferai dire des messes pour toi,* il passe derrière lui, lui prend brusquement le bras droit ; Dandolo est au milieu; Daniel l'emmène malgré lui vers le château pendant le dialogue suivant qui doit se dire vivement; Ritta le suit un peu avec surprise; enfin Daniel entraîne Dandolo dans le château.

SCÈNE VI.

RITTA, *seule.*

Elle regarde côté droit pour dire : *Ah! voilà M. Alphonse;* en continuant elle descend du côté droit, n° 2.

SCÈNE VII.

ALPHONSE.

Ses vêtemens sont en désordre, il arrondit en venant du côté droit au bas du perron. Il n'a plus de manteau. Ritta : *Personne ne le connaît que ma maîtresse.* La petite porte de l'église s'ouvre, Camille en sort la première; elle est suivie de quatre dames d'honneur, elle descend le perron côté gauche sans voir personne.

Alphonse l'aperçoit; à ce mot : *De quel crime je suis coupable! c'est elle,* il a fait un pas comme pour aller à la chapelle; il passe à droite et remonte vers Camille; pendant qu'elle dit sa ligne de dialogue, Ritta doit aller au-devant de sa maîtresse, et la reçoit au bas des marches, lui fait voir Alphonse. Sur la ritournelle, Alphonse prie Camille de rester; celle-ci ordonne à Ritta et à ses dames de rentrer au château, ce qui s'exécute.

SCÈNE VIII.

1 CAMILLE, 2 ALPHONSE.

Pendant le duo Alphonse affecte un calme qui se trahit à chaque instant; Camille peint l'embarras de sa situation : *Mais bientôt un autre serment. Ah! Camille.* On entend sonner une heure côté de l'église; à la fin du duo Camille rentre au château.

SCÈNE X.

DANDOLO.

Il vient du château, parle à la cantonade sans voir Alphonse n° 2, il reste absorbé dans ses réflexions, et répond machinalement jusqu'à ce mot : *Avec de pareilles misérables;* avec empressement : *Des misérables, etc.* A partir d'ici beaucoup de mystère pour Dandolo : *Ne vaut pas mieux que les autres.* Alphonse fait un mouvement d'impatience; alors il est tout à la scène : *Vous vous embusquerez à la pointe San-Felice, et dès que Pietro paraîtra... Je comprends.*

On sonne les cloches, il y en a trois dans le ton de l'orchestre; on continue de sonner jusqu'au chant du chœur; Dandolo sort côté de la chapelle, Alphonse aussi, mais par un autre plan.

SCÈNE XI.

Des paysans des deux sexes arrivent de la droite, vont vers la mer qui se couvre de barques remplies de jeunes villageois et de gondoliers. On met pied à terre; d'autres arrivent de la gauche; on forme des groupes, plusieurs se complimentent ; on forme une ligne à droite allant de la tombe au château. Tous les regards se dirigent vers les portes; neuf marins en seigneurs sont suivis de Zampa, qui est en costume magnifique; on les salue, ils passent devant le peuple et vont prendre position à la droite. Zampa est au milieu entouré de la danse et de tout le monde; c'est de là qu'il chante ses couplets; on danse sur la ritournelle. Pour le second couplet, il prend des jeunes filles et leur adresse les paroles; même danse, après il dit : *C'est elle.*

Tous regardent Camille qui entre ; Daniel lui donne la main, Ritta les suit accompagnée de quatre dames d'honneur et de quatre seigneurs.

SCÈNE XII.

LES CHOEURS PRÉCÉDENS.

Camille, indifférente à tous les hommages, se dirige toujours avec Daniel vers la madone à gauche de la chapelle et s'agenouille devant la croix, pour dire sa prière; tous imitent Camille, en tournant le dos aux gradins; Ritta l'a suivie et est à-genoux en face d'elle; Daniel, près le perron, tourne le dos à Zampa; les seigneurs marins sont montés sur les marches de droite de la chapelle; le peuple, le ballet, les dames forment une ligne depuis l'avant-scène jusqu'à Ritta, en tournant le dos au public et en longeant le château. Zampa admire ce groupe, il est en bas de la scène à droite; c'est de là qu'il chante : *Quelle beauté noble et touchante, etc.*

POSITION DE LA SCÈNE.

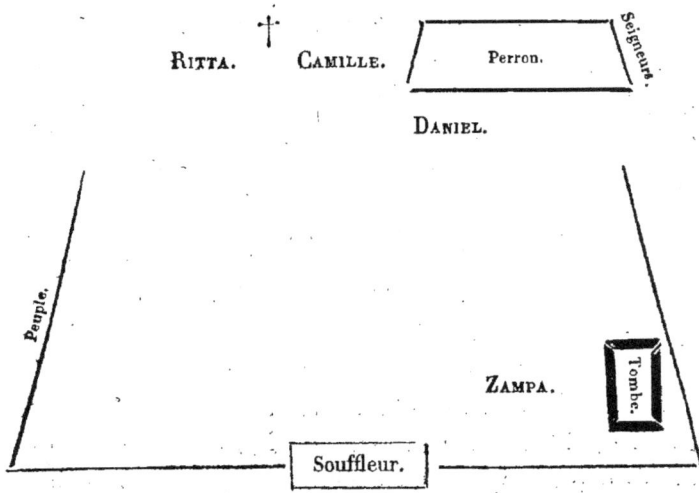

Qu'une flamme constante.... A cette réplique le théâtre devient noir comme par enchantement. La statue d'Alice sort du tombeau qui est en avant de la chapelle, elle se lève droite à la gauche de Zampa, avance la main droite et lui montre la bague, qui est encore à sa main gauche ; elle semble lui rappeler ses sermens, le menace, joint les mains en sainte et se recouche dans le tombeau qui se referme. Pendant cette vision, Zampa est immobile et pâle de surprise ; tous les autres personnages dirigeant leurs regards vers la croix, ne peuvent apercevoir ce coup de théâtre.

Grand jour, sitôt la statue recouverte.

Zampa gagne, égaré, le milieu du théâtre : *Ciel !* Daniel vient à sa gauche : *Qu'avez-vous ?* Zampa détournant la tête et indiquant la tombe : *Là, là ! l'air hagard.* Daniel regarde partout : *Vous vous trompez.* Étonné de ne plus rien voir, Zampa dit : *En effet, rien.* L'air dansant recommence, on forme des passes, tout reprend la position de la scène. Camille redescend en scène en traversant les quadrilles, Ritta la suit ; on l'entoure ; on est en scène.

Peuple.   Ballet.

Dames.   Seigneurs.

Ritta. Camille. Zampa. Daniel.

Zampa à Camille, lui prenant la main : *Venez, on nous attend* Les paysans ouvrent le passage ; tous remontent, se dirigeant vers la chapelle ; Alphonse paraît à la petite porte du perron et dit : *Arrêtez... c'est Alphonse.* Tableau.

SCÈNE XIII.

Peuple.   Peuple.   Ballet.

Dames.   Seigneurs.

Ritta. Alphonse. Camille. Zampa. Daniel.

Alphonse descend côté gauche, et reprend la scène comme je l'indique après l'ensemble ; Alphonse parle à Camille, il passe entre elle et Zampa en disant : *Il faudra m'arracher la vie....* *Que ce fer.* Zampa se retourne vers lui : *Dieux!* Alphonse l'envisage : *Ma surprise redouble.* Il tire de sa ceinture le signalement du premier acte, il consulte l'écrit et dit : *Ses traits, ses yeux...* On comprend facilement la position; les marins en seigneurs, Daniel, Zampa lui-même tous expriment l'embarras où ils se trouvent. Camille, Ritta espèrent; les paysans écoutent avec attention et curiosité : *Cet infâme Zampa, le voilà.* A ce mot les femmes se sauvent côté gauche, les hommes, les paysans prennent le milieu; le ballet est devant le perron; les paysans font explosion à ce mot : *Vengeance, vengeance, il périra!* Ils marchent un peu vers lui; Daniel, les marins sont pétrifiés; Zampa prend un air d'assurance : *Qui? moi, Zampa? etc.*

SCÈNE XIV.

Dandolo accourt; il vient de la droite, il est suivi d'un peloton de dix gardes qui reste devant le perron; le ballet a gagné le haut de la scène derrière les paysans. Dandolo a un parchemin et se place entre Alphonse et Zampa, tournant le dos à ce dernier.

Dandolo montre les soldats pour dire : *Grace à ces braves gens. Regardez.* Il donne le papier, se retourne, aperçoit Zampa; il se sauve à gauche n° 1 près de Ritta; Zampa a un air triomphant : avec indignation : *Misérable!* avec assurance : *Lisez.* Moment de silence; on s'approche, on se groupe pour écouter la lettre : *Nous accordons la grace entière.* Grand mouvement général : les marins, Daniel sont triomphans, les paysans dans l'extase; Zampa prend un temps, monte la scène, s'adresse au peuple pour chanter : *Que toute crainte soit bannie, etc.* Alphonse a remonté accablé de surprise, et descend entre Ritta et Camille n° 3. Ensemble. Alphonse tire son épée, la brise à ce vers : *Que je serve avec lui, que je me déshonore! Jamais.* Il la jette à terre. Zampa prenant la main de Camille et l'attirant un peu de son côté : *Venez*. Alphonse fait un geste menaçant, Ritta le retient et l'occupe un peu pendant l'aparté de Zampa et de Camille; cette dernière peint la douleur qu'elle éprouve de voir Alphonse lui échapper. Zampa triomphe; le chœur pendant le dernier ensemble a jeté en l'air ses chapeaux; les marins, Daniel sont au comble de la joie; on finit le chant sur place.

Aussitôt le dernier mot, les cloches recommencent jusqu'à la fin de la ritournelle, ensuite on entend l'orgue.

A la fin du chant, Alphonse et Dandolo sortent par la droite. Les portes de la chapelle se sont ouvertes et laissent voir l'intérieur éclairé pour la cérémonie : l'évêque et ses prêtres en habits pontificaux sont à l'autel; deux suisses sortent et viennent prendre position de chaque côté du perron; sur le bord en face derrière eux près de la porte de la chapelle, sont deux bedeaux. Les soldats qui sont devant le perron font, le premier rang par le flanc droit, par file à droite; ils montent les degrés et restent dessus faisant face au public, on peut passer devant eux; le deuxième rang fait par le flanc gauche, par file à gauche, et opère le même mouvement de l'autre côté du perron; pendant ce temps Zampa donne la main à Camille qui se soutient à peine; ils montent les degrés du perron, ils se mettent à genoux sur des coussins posés sur les marches du maître-autel; les deux diacres étendent le poêle de la mariée sur leur tête, l'évêque s'approche, les bénit; les marins seigneurs, ayant Daniel à leur tête, montent les degrés de droite; Ritta à la tête des dames d'honneur que des seigneurs tiennent par la main ont suivi Camille, et s'arrêtent en haut des marches. Le peuple a garni tout le théâtre, en fixant l'autel, tournant le dos au public. Le ballet a remonté dans les barques; au moment de la bénédiction, on se met à genoux, les cloches reprennent avec l'orchestre, le rideau tombe.

POSE DE LA SCÈNE.

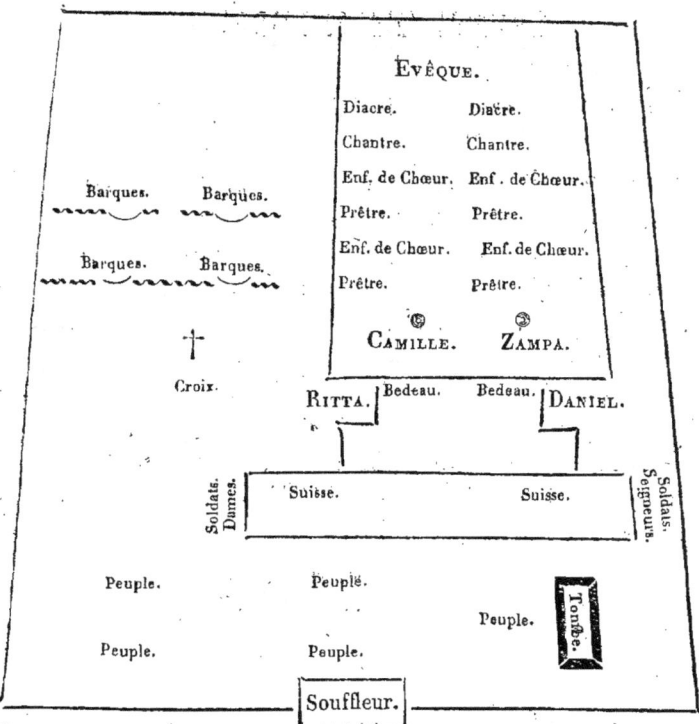

Les enfans de chœur ont des cierges allumés; les deux diacres s'avancent avec le poêle qui est tenu par l'un d'eux jusqu'au moment où l'autre en prend un bout pour le tendre sur la tête des époux; l'évêque vient à son tour auprès de ce groupe et les bénit. C'est là le grand tableau. A l'entrée de Daniel on doit commencer à brûler de l'encens qui s'évapore dans la salle, et prête à l'illusion d'une cérémonie religieuse.

4

ACTE TROISIÈME.

Le théâtre représente l'intérieur de l'appartement de Camille ; au milieu du fond, une riche portière élégamment drapée conduit à l'alcove, au fond de laquelle on aperçoit un lit magnifique ; à droite dans l'alcove au pied du lit un prie-dieu, dessus une lampe ou bougie jaune dans un flambeau gothique ; elle est allumée : à gauche de l'alcove, en face du public, une fenêtre ouverte jusqu'au bas, donnant sur un balcon extérieur ; de l'autre côté une porte ; la fenêtre est ornée de vitraux gothiques, les portes sont garnies de draperies pareilles à celles de l'alcove. A droite et à gauche deuxième plan, une porte de cabinet sans draperies ; deux fauteuils pareils aux draperies, un à droite l'autre à gauche.

SCÈNE PREMIÈRE.

CAMILLE, *seule.*

Elle est assise à droite, ennégligé du soir : *Pauvre Alphonse ! il est parti sans doute, et ne saura jamais que je n'ai cédé qu'au plus saint des devoirs !...* On entend sous le balcon une ritournelle de harpe ou mandoline qui continue jusqu'au chant : on parle dessus, elle écoute d'abord : *Que nous avons répétés si souvent ensemble ;* elle se lève, va à la fenêtre.

Alphonse chante le premier couplet, seul en dehors ; on n'interrompt point pour les mots de Camille, il faut les placer à temps. Pour le deuxième couplet elle s'approche du balcon ; à la fin elle s'éloigne de la fenêtre, la tête cachée dans ses mains. Alphonse paraît aussitôt sur le balcon qu'il vient d'escalader, l'air finit par un forté qui fait retourner Camille; elle aperçoit Alphonse et jette un cri de joie. Tableau.

SCÈNE II.

1 ALPHONSE, *en costume de matelot ;* 2 CAMILLE.

Alphonse à voix basse : *Silence.* Beaucoup de mystère jusqu'au moment où il dit avec ironie : *Il a refusé... cette dernière humiliation.* Une pause et il continue : *Je vous conduis aux pieds du vice-roi.* Mouvement de Camille ; il continue avec amertume : *Et vous comptez sur sa parole, etc.* Camille interrompt vivement Alphonse pour dire : *Il tiendra celui-ci... me faire supporter la vie, ô ciel!* Ecoutant côté droit : *On s'arrête à la porte.* Bruit derrière la porte du fond, côté droit ; d'une voix suppliante, elle dit : *Alphonse!* Alphonse prend sa résolution : *Vous le voulez, j'obéis ; adieu, songez à votre sœur.* Ici la musique commence, chœur en dehors derrière la fenêtre, on parle dessus.

Camille rentre précipitamment dans son oratoire à droite ; Alphonse gagne la fenêtre ; il parle sur le chœur, son dialogue va de suite, même celui qui suit le chant : *Aucune issue.* Il va vers la draperie de droite, entend du bruit, continue de parler et va se cacher sur le balcon extérieur et se trouve masqué par la fenêtre et les draperies. La fenêtre reste toujours ouverte. La draperie du fond à droite s'ouvre, on voit Zampa et Daniel escortés par les marins en seigneurs et des pages qui portent des flambeaux. Zampa parle à sa suite pendant que la sérénade continue ; après son dialogue, tous les marins et les pages sortent par la même porte : il faut calculer pour finir avec le chant.

SCÈNE V.

1 ALPHONSE, *sur le balcon ;* 2 DANIEL, 3 ZAMPA.

Zampa vient s'asseoir dans le fauteuil de droite. Daniel

ayant de lui répondre regarde l'appartement, il soupire; pour sa seconde phrase, il prend beaucoup de précaution pour dire : *Car il paraît que vous l'avez encore vue, etc.* Zampa, avec humeur et fierté : *Je t'avais défendu de m'en parler.* Il dit sévèrement : *Est-il exécuté, etc.* Il se lève. Content et respirant : *C'est bien, m'en voilà délivré... c'est ce que je me suis dit.* Mouvement de peur. Zampa souriant et montrant la porte de Camille à droite : *Sans doute Camille qui m'attend, et tu me feras plaisir....* Il lui montre la porte à draperie : *C'est juste, il est temps de se retirer.* Il va pour sortir, Zampa passe à gauche, lui revient n° 2, puis dit : *C'est qu'il faut traverser, etc.* Il montre la galerie noire du fond à droite : *Bonne nuit, capitaine.* Il sort par cette porte. Zampa le conduit en disant sa ligne; il ferme la draperie, revient au fauteuil à droite, pose son épée et son manteau; pendant ce temps Alphonse dit son aparté et se cache sur le balcon : *Camille, elle est là.* Il regarde la porte, va au-devant d'elle, lui donne la main et l'amène en scène; elle cherche de l'œil ce que peut être devenu Alphonse, elle exprime la crainte, etc.

SCÈNE VII.

1 ALPHONSE, *sur le balcon;* 2 ZAMPA, 3 CAMILLE.

La position de Camille qui veut obtenir la permission d'aller au couvent, l'impatience de Zampa, tout se devine dans cette scène; Alphonse est aux écoutes, il sort de sa cachette et prend son poignard pour dire : *Infâme....* Pendant le dialogue qui suit, Alphonse approche de manière à faire croire qu'il va poignarder Zampa : il s'arrête au mot de : *De Monza.* Il jette son poignard en disant : *Dieux! c'est mon frère.* Ce bruit fait retourner Zampa qui, l'apercevant, vole au fauteuil, prend son épée; Camille se met entre eux : *O ciel! holà! quelqu'un!* Il va à la porte de droite au fond d'où les marins arrivent.

POSE.

Alphonse. Camille. Marins.
Zampa.

Alphonse passe entre Camille et Zampa en disant : *De t'arracher la vie. Que voulez-vous faire? sachez...* Zampa donne des ordres à son monde pour faliciter l'aparté d'Alphonse et de Camille : *Ah! je me sens mourir.* Elle tombe dans les bras d'Alphonse qui la pose dans le fauteuil à gauche. Le chœur prend; on s'empare d'Alphonse, on sort par le fond à droite, le dernier tire le rideau. Zampa va à Camille, se met à ses genoux.

SCÈNE VIII.

1 CAMILLE, *sans connaissance dans le fauteuil;* 2 ZAMPA, *à genoux.*

Zampa, à genoux, chante sa cavatine; sur la fin Camille revient à elle : *Où suis-je?* Elle l'aperçoit, passe devant lui et se trouve n° 2, en disant : *O dieux! éloignons-nous.* Dans l'ensemble : *Que l'on peut être heureux,* Zampa prend Camille, qui sur la fin en se défendant passe n° 1; elle repasse encore n° 2, quand Zampa dit : *Du silence.* A la fin du duo, Zampa prend Camille dans ses bras comme pour la porter dans l'alcove; elle jette un cri effrayant, il la lâche et la regarde avec étonnement; elle reprend toute sa force pour attaquer le final : *Eh! quoi! rien ne vous touche.* Zampa recule épouvanté, en chantant : *Encore ce nom fatal.* Eperdu et gagnant la gauche : *Où fuir! hélas!* Elle dit un *Ah!* court au prie-dieu et s'y attache comme à un dernier refuge. Zampa va fermer la porte de gauche; à ce moment les rideaux de l'alcove se ferment et dérobent Camille aux spectateurs. Le théâtre devient noir; Zampa s'élance sur les rideaux, les relève; il croit saisir Camille, il ne trouve que la statue d'Alice qui le saisit.

SCÈNE IX.

ZAMPA, LA STATUE.

Sur la musique Zampa parle; il tire son poignard; il est englouti dans la trappe qui les porte, et tous deux disparaissent; le tonnerre, les éclairs ajoutent à cette scène : beaucoup de flammes sous le théâtre, des nuages viennent couvrir la scène et masquent tout le fond de l'appartement. Les femmes, les habitans sortant de la droite et de la gauche dans le plus grand désordre, chantent le chœur : *O jour affreux!* On le répète deux fois; à la seconde les nuages remontent, la chambre gothique a disparu; on voit au fond sur le bord de la mer la statue d'Alice revenue sur son piédestal : tout le monde remonte vers elle; plus loin à droite sur un rocher, Camille et Alphonse arrivent à gauche; une barque qui porte Lugano s'approche du rivage; on entend crier: *Mon père!... Camille!...* Un peloton de gardes garnit la pente de la montagne; le jour est revenu, Camille a les mains étendues vers Lugano qui gravit le rocher, embrasse ses enfans, passe au milieu d'eux, les unit; ils sont à genoux devant lui. On se courbe un peu devant la statue à la fin du chœur; le rideau tombe.

D'autres barques ont garni la mer.

POSE DE LA SCÈNE DERNIÈRE.

Dames.   Dames.

LUGANO.

Barques.   Barques.   CAMILLE.   ALPHONSE.

Barques.

Rocher.

Soldats.

ALICE.

Les Marins
et
les Seigneurs.

Peuple.   Peuple.

Souffleur.

FIN DE LA MISE EN SCÈNE.

DÉCORS.

ACTE PREMIER.

Le rideau de palais est au quatrième plan; on peut se servir du palais du troisième acte de *la Dame Blanche*. On fera des appliques pour boucher les trois premières coulisses de chaque côté; celles des statues sont peintes en grandes niches, elles ont 8 pieds de haut, la statue 6 pieds, le socle 1 pied. Les statues sont rondes-bosses; celle d'Alice a le bras droit à moitié levé, le gauche allongé. Il doit être creux, et le haut correspond à un trou pratiqué dans sa niche; c'est par ce trou qu'au final une personne bras nu le passe dans celui de la statue. A la réplique *musicale*, il lève le bras et le croise sur la poitrine; à la fin de l'acte, l'allonge avec menace. Pour en faciliter le mouvement, on fourrera un bâton d'un pied dans l'avant-bras de la statue; la personne prend ce bâton, et fait mouvoir plus facilement; il faut que la statue soit attachée fortement pour ne pas bouger.

Comme toute la pièce est dans cette statue, les directeurs qui la voudront comme à l'Opéra-Comique, je la leur procurerai pour 80 fr.; elle pourra guider pour faire les autres.

ACTE II.

Le rideau du lointain est un horizon, si l'on veut; à Paris, il y a dessus des rochers et le mont Etna un peu en fumée; il y a partout des bandes de mer; des barques il en faut trois. A gauche, pour le château, on trouvera facilement cet accessoire; des arbres à toutes les coulisses. Je crois qu'on sera obligé de faire l'église: il y a un perron face au public, neuf marches de chaque côté; pour y monter, un plancher assez large, tout cela devant et attenant à l'édifice. De dessus le perron, on ouvre les portes, qui doivent être très grandes quand on les ouvrira *à deux battans.* Mais on aura soin dans l'un des battans de pratiquer une petite porte avec un tambour intérieur; cette porte est la seule qui serve jusqu'à la sortie d'Alphonse. Lorsqu'il a paru, et dit *arrêtez,* on condamne cette petite porte; on retire le tambour, et à la fin du final, on ouvre les grands battans, ce qui laisse voir l'église dans son plein.

Quand on ouvre les portes, il y a deux pas pour arriver à un plancher étroit sur lequel il y a encore deux marches et un plancher qui conduit au maître-autel. C'est sur ces marches que sont les coussins pour Camille et Zampa; le maître-autel est peint sur le fond, face au public, et en verres de couleurs, comme dans les églises; on l'éclaire par-derrière.

Le tombeau est en long, face au public, les pieds de la statue à l'avant-scène; elle est couchée sur le dos et arrêtée par le corps sur une bascule; le bout de cette bascule se prolonge sous le théâtre par un trou de la première trappe; des arbustes, des buissons dissimulent autant que possible la forme du tombeau qui est couvert par une toile dite canevas, peinte en ruines; un cylindre la tire à droite pour ouvrir la tombe, un autre l'appelle à gauche pour la recouvrir.

On fera bien de faire la grande porte de l'église à brisures.

ACTE III.

Le salon gothique a deux plans fermés sur les côtés: au milieu il faut l'alcove d'une belle dimension, à droite une porte, à gauche une fenêtre. L'alcove est de la largeur d'une grande trappe, celle du *Festin de Pierre.* Le lit est

5

peint sur le fond de l'alcove ; lorsque Camille se met au prie-dieu, les rideaux de l'alcove se referment vivement, alors on baisse devant le lit un fond noir, on enlève le prie-dieu ; la statue se met debout sur la trappe à la place de Camille, et saisit Zampa quand celui-ci touche aux rideaux qui doivent se manœuvrer facilement. A peine est-il sur la trappe, que l'on baisse devant le fond du salon un rideau de nuages (celui du *Petit Chaperon*) qui bouche même l'alcove quand la trappe est fermée. C'est devant le rideau que l'on chante le chœur *O jour affreux !* on le chante deux fois ; pendant la première on retire l'appartement, l'alcove, tout enfin, excepté les coulisses des deux premiers plans qui ne bougent pas ainsi que les deux plafonds de la face. Derrière est équipé le rocher ; à droite, la statue du premier acte sur un piédestal beaucoup plus grand, etc. *Voir* l'indication.

Nota. Il faut que le flambeau soit bien rivé sur le prie-dieu.

Il y a depuis le bas de la mer jusqu'au lointain des vapeurs et de petits nuages très légers qui se dissipent d'abord, les premiers pour faire place à la barque, et ensuite les autres se croisent et disparaissent quand on baisse le rideau.

Avis essentiel. J'ai mis quatre plans au premier acte pour pouvoir établir derrière l'église ; il n'y a que le perron à ajouter. Au troisième acte, le plancher du maître-autel sert pour le rocher où vient Camille ; après le débarras des devantures, il n'y a que les appliques de rocher à poser. On gagne par ce moyen beaucoup pour les entr'actes. La barque de Lugano a des mâts et des cordages, les autres rien. Il faut dans chaque des rameurs, des pages, des soldats, etc.

Sur le bord de la mer, côté gauche, il y a une petite pente de montagne qui se perd dans la coulisse.

TAPISSIER.

ACTE PREMIER.

La table a 12 pieds de long sur 20 pouces de large, derrière deux banquettes de 6 pieds chaque, trois tabourets très larges et deux fauteuils; le tout est couvert d'une étoffe gothique.

ACTE II.

Le poêle de la mariée dans l'église.

Les deux coussins dans la chapelle; deux cabinets de toilette, côté gauche, pour Zampa et Camille.

ACTE III.

Deux fauteuils avec des housses pareilles aux rideaux qui sont aux fenêtres, à la porte de face et à l'alcove. Il faut avoir soin de charger de plomb ces derniers, pour qu'ils se baissent vivement quand Camille est au prie-dieu. Il y a un coussin encore pareil aux rideaux au prie-dieu.

Le prie-dieu avec son flambeau gothique.

ACCESSOIRES.

ACTE PREMIER.

Des fleurs dans des corbeilles, des écharpes de toutes couleurs, des étoffes or et argent; le tout sur la table et dans les mains de Daniel.

Scène I, des cassettes fort riches remplies aussi d'étoffes.

Sur la table il faut, avant de commencer, mettre un écrin dans lequel se trouve la parure de Camille pour la scène VI.

Un parchemin à Alphonse scène II, un autre parchemin roulé à Zampa scène VIII.

Un petit cor avec un cordon pour le tenir au cou de Daniel scène X.

Il faut préparer derrière le fond côté gauche tout le service de table qu'il y a. A Paris, il y a un paon avec la queue en éventail, une hure de sanglier, un gros pâté, deux plats d'autres choses, beaucoup d'assiettes de fruits, de pâtisseries; toute la vaisselle est or et argent; tout peut se faire en carton et n'est pas très cher. Quatre flambeaux gothiques avec de grosses bougies rouges dedans; autant de coupes or et argent que de choristes, des couverts *idem;* bouteilles du siècle, elles sont grandes et longues du cou; des vases de vins toujours or ou argent; si l'on change les personnes qui doivent mettre le couvert, on fera bien de servir la table avant de commencer, pour que chacun mette à sa place ce qu'il doit porter. Il faut une grande nappe et des serviettes damassées. Le service de *Jean de Paris* peut aller, en ajoutant. Une bague chevalière avec un gros diamant à Zampa; il faut qu'elle puisse aller au doigt de la statue.

ACTE II.

Il faut trois cloches de différens tons derrière l'église : s'entendre avec le chef d'orchestre.

Un orgue, s'entendre avec le chef d'orchestre.

Il faut que la bague du premier acte soit à la main de la statue dans la tombe.

Il faut brûler de l'encens au commencement de la scène XIV, on le brûle près de la rampe pour que l'odeur aille dans la salle à l'ouverture de l'église; le signalement à Alphonse celui du premier acte.

Un parchemin plié en quatre; les quatre coins sont tenus par une cire molle qui porte un écheveau de soie, au bout de cette soie le cachet royal; c'est ce parchemin qui sert à Dandolo, scène XIV.

Quatre cierges aux quatre enfans de chœur dans l'église.

Poêle de la mariée aux deux diacres.

ACTE III.

Derrière le salon côté gauche, des pupitres, des lumières pour les musiciens de la sérénade, une harpe, trois flambeaux gothiques aux pages; un sur le prie-dieu : ce sont ceux du premier acte.

ARMURIER.

ACTE PREMIER.

Alphonse, une épée.
Zampa, épée de chevalier, quatre pistolets, un poignard.
Daniel, hache d'abordage.
Aux marins, haches d'abordage, sabres, pistolets, etc.

ACTE II.

Une épée qui se brise, à Alphonse.
Scène XI, riche épée à Zampa.
Il ne faut pas d'armes aux marins seigneurs.
Dix lances aux pelotons de gardes.
Deux hallebardes aux deux suisses de l'église.
Un riche poignard à Zampa.

ACTE III.

Un poignard à Alphonse.
Mêmes armes à Zampa.
Des armes à Lugano et à tous ceux qui l'entourent dans les trois barques.

ARTIFICIER.

ACTE III.

Pendant le final, fin du duo, beaucoup d'éclairs, coup de tonnerre, éclats; des flammes sous le théâtre, quand on engloutit la statue et Zampa.

LAMPISTE.

ACTE PREMIER.

Au lever du rideau grand jour; sur les sous de cor scène X, la nuit aux coulisses; quand on apporte les flambeaux, scène XII, le jour.

ACTE II.

Grand jour. Au moment où la statue va paraître, grande nuit; sitôt qu'elle est recouchée, grand jour comme par enchantement.

ACTE III.

Jour. Au moment où Camille court au prie-dieu dans le final, les rideaux se ferment, grande nuit subite; lorsque les nuages s'enlèvent, le jour paraît graduellement; à l'arrivée de Lugano, grand jour.

————

COSTUMES.

ACTE PREMIER.

Au lever du rideau, les femmes sont en jeunes siciliennes élégantes.

Il y a quatre valets.

Quatre pages.

Scène II. Les jeunes gens en habits de fêtes.

Après cette sortie les hommes vont s'habiller en marins.

ZAMPA, *premier costume.*

Un pourpoint en drap de Silésie noir à créneau; des mancherons très larges, les manches ouvertes à la saignée, laissant voir le linge; une dent de loup en jaconas blanc garni d'une petite dentelle; — une ringrave en drap de Silésie noir très large; — manteau noir à revers doublé en marceline noire, le tout en général garni de noir; — un pantalon de tricot en soie.—Bottes noires.—Chapeau gris; un saule pleureur en vautour noir.—Une ceinture pour mettre un poignard ; une épée de chevalier et deux paires de pistolets; — un grand manteau en drap de Silésie écarlate, cercle entier.

ALPHONSE, *premier costume.*

Un pourpoint en drap de castor bleu de ciel à schall, à créneau, manches à la Joconde, le tout garni de satin blanc et liséré de noir; une ceinture *idem*, un corsage en drap de castor corinthe; crevasses blanches, trousse *idem*; un pantalon de tricot en laine corinthe; un manteau en drap de castor corinthe; revers en satin blanc et garnis d'une tresse blanche napolitaine. — Bottes de chevalier, chamois. — Toque noire à créneau.

DANIEL, *premier costume.*

Un pantalon de tricot; chemise grise; bretelles rayées rouge et bleue; ceinture de cuir. — Chapeau gris, plume de coq. — Manteau long.

DANDOLO. Presque comme Sancho Pança, pantalon de tricot gris.

Ces costumes peuvent servir pour habiller les marins, les seigneurs et quelque paysans.

ACTE II.

DANIEL est richement vêtu, à peu près comme Alphonse pour la coupe, mais plus ridicule, et des étoffes baroques.

ALPHONSE a le même costume, moins le manteau; le reste en désordre.

ZAMPA à la scène XI.

Un pourpoint en velours noir brodé en lames, les mancherons très larges brodés, la saignée ouverte et brodée autour; une ringrave très large brodée sur le côté; un manteau en

velours noir doublé en satin noir; les revers du manteau et
le collet brodés en lamés sur le côté des revers du manteau;
cocarde en satin noir, aiguillette en or et des boutons bril-
lans au milieu de la cocarde. — Un cordon de manteau en
or. — Un crachat très riche et une ceinture garnie de bril-
lans. — Souliers de satin noir garnis en or et diamans. — Une
toque à créneau garnie d'or et de pierreries. — Un panache
en plume d'autruche noir.

Les neuf marins en seigneurs comme Daniel, mais moins
ridicules.

CAMILLE, scène XII, ajoute à son premier costume un
voile, le bouquet et le chapeau de mariée en fleur d'orange.

La statue dans la tombe doit ressembler à la statue du
premier acte.

Dix soldats en cuirasses de cuir, chapeaux ronds un peu
retroussés par-devant, plumes.

Les prêtres ne doivent guère ressembler à ceux d'aujour-
d'hui, consulter le temps; quatre femmes en dames d'honneur comme dans *Jean de Paris*.

ACTE III.

CAMILLE en négligé tout en blanc, costume de la *Neige*
au troisième acte.

ALPHONSE, *deuxième costume.*

Un pourpoint en drap de castor chamois, crevasses
blanches à créneau. — Manches de chemise à trois quarts de
long et trois quarts de large, au milieu de la manche une
coulisse; un poignet plissé. — Une trousse très large lilas et
un pantalon de tricot chamois en laine. — Un chapeau en
feutre gris.

LUGANO. Barbe grise, perruque *idem*, toque, gants, ha-
bit, manteau, bottes, pantalon.

Le reste ne change pas.

La *Neige*, le *Solitaire*, la *Muette*, *Masaniello*, *Leicester*, *Jean de Paris*, *Marie Stuart*, le *Vampire*, *Joconde*, et beaucoup d'autres pièces du répertoire peuvent servir pour habiller celle-ci.

CAMILLE, dans les deux premiers actes, est comme Mlle Mars dans le Tasse, à la coiffure près; robe blanche, brodée, grandes manches pendantes.

RITTA, comme une dame du peuple dans la *Muette*, mais agrémens riches.

TOMBEAU D'ALICE DANS ZAMPA.

(VOIR LA PLANCHE.)

Ce tombeau se compose de quatre parties carrées recouvertes en dessus d'un rebord en volige de trois pouces de large, servant à cacher les bords du canevas qui est placé sur un rouleau de store sous le bord de côté *A*; pour le faire dérouler, il y a au bord du canevas une petite tringle de fer qui est attirée au côté opposé par deux petits fils au bout desquels sont deux poids : ce canevas, étant déroulé, fait le dessus du tombeau. Le plateau qui supporte le personnage est en volige garni en foin et crin, et fixé sur un montant en chêne *B*. La bascule *C*, colorée en bleu, est boulonnée avec le montant; elle passe dans une entaille pratiquée dans la trappe et sert de levier. Un seul homme lève et baisse la statue; sa charnière est placée sous une traverse *D* qui barre l'entaille faite dans la trappe. Le tombeau est placé carrément sur le théâtre. *E* petite planche portée sur deux goussets, pour supporter les pieds du personnage. *F* ceinture et boucle pour maintenir le personnage après le plateau.

6

316